AF383209

GUÍA DE LECTURA

Escrita por Natacha Cerf
Traducida por Marta Sánchez Hidalgo

Don Quijote de la Mancha

de Miguel de Cervantes

Entiende fácilmente la literatura con

ResumenExpress.com

www.resumenexpress.com

MIGUEL DE CERVANTES

ESCRITOR, POETA Y DRAMATURGO ESPAÑOL

- **Nacido en 1547 en Alcalá de Henares (España)**
- **Fallecido en 1616 en Madrid (España)**
- **Algunas de sus obras:**
  - *La Galatea* (1585), novela
  - *El ingenioso hidalgo don Quijote de la Mancha* (1605-1615), novela
  - *Los trabajos de Persiles y Sigismunda* (1617), novela

Miguel de Cervantes Saavedra, nacido en 1547, es un escritor, poeta y dramaturgo español reconocido como el creador de la primera novela moderna: *El ingenioso hidalgo don Quijote de la Mancha* (1605-1615).

Cervantes combate en defensa del catolicismo en la batalla de Lepanto en 1571. A su vuelta a España, le hicieron prisionero y pasa cinco años encarcelado en Argel. Su matrimonio y un empleo como funcionario no marcan el fin de su larga vida de errancia, puesto que después del fracaso de su unión retoma sus viajes y vuelve a la cárcel acusado de apropiarse de dinero público. Su carrera literaria empieza en 1585 y, aunque obtiene poco reconocimiento en vida, Cervantes es un modelo de la literatura burlesca y es considerado la principal figura de la literatura española.

DON QUIJOTE DE LA MANCHA

UN DELIRIO CABALLERESCO RESULTADO DE LA LECTURA EXCESIVA DE FICCIÓN

- **Género:** novela
- **Edición de referencia:** de Cervantes, Miguel. 2000. *Don Quijote de la Mancha I*. Madrid: Cátedra
- **Primera edición:** 1605
- **Temáticas:** locura, caballería, lectura, parodia, imaginario

El primer volumen de *Don Quijote* se publica en 1605. El autor garantiza que los primeros capítulos proceden de los *Archivos de la Mancha* y que el resto ha sido traducido por un autor morisco (moro español convertido al cristianismo): el encantador de don Quijote.

La novela cuenta la historia del caballero Quijano, que se mantiene vivo leyendo libros de caballería hasta el punto de perder la razón: se proclama caballero andante, bautizado como don Quijote, y recorre España en su viejo caballo, Rocinante, acompañado de su escudero Sancho Panza, un pobre campesino ingenuo. El caballero lleva a cabo sus hazañas por amor a una campesina, Dulcinea del Toboso, a la que nunca encontrará. Su locura caballeresca transforma los molinos en gigantes y a las campesinas en bellas princesas, lo que da lugar a muchas desventuras.

RESUMEN

PRIMERA PARTE

Capítulo 1

Alonso Quijano es un caballero que vive en un pueblo de la Mancha con su ama de llaves y su sobrina. Pasa la mayor parte del tiempo leyendo novelas de caballería, día y noche. Su cabeza está llena de aventuras, de batallas, de galantería y de encantamientos inspirados en sus libros, lo que le lleva a perder la razón y a hacerse caballero andante para buscar aventuras y reparar injusticias. Limpia la armadura mohosa de sus antepasados y se embelesa ante su montura: un viejo caballo que compara con el Bucéfalo de Alejandro Magno (rey de Macedonia 356 a. C.- 323 a. C.). Se hace llamar don Quijote de la Mancha y bautiza a su animal Rocinante. Para ser un perfecto caballero, solo le falta una dama a la que dedicar sus proezas. Entonces se acuerda de una campesina de la que antaño estuvo enamorado y la bautiza como la princesa Dulcinea del Toboso.

Capítulos 2-3

Una vez terminados los preparativos, don Quijote no quiere esperar más para ejecutar su proyecto, persuadido de que un retraso lo privaría de problemas que enmendar, injusticias que reparar, abusos que corregir y deudas que honrar.

Parte y decide que el primero que se cruce podrá armarlo caballero según las reglas de su orden. Por la noche, don Quijote llega a una posada en cuya puerta están dos muchachas normales a las que toma por dos damas nobles hablando delante de un castillo. El posadero, al que toma por un señor de un castillo, le ofrece una mesa y acepta armarle caballero.

Capítulo 4

Al salir de la posada, don Quijote se hace justiciero y defiende a un sirviente que se queja de no recibir su sueldo. Pero cuando el caballero se va, el jefe del sirviente vuelve a golpearlo aún más. Don Quijote prosigue su ruta y desafía a unos mercaderes a confesar que no hay dama más bella en el mundo que Dulcinea del Toboso. La aventura sale mal y don Quijote termina molido a palos.

Capítulo 5-8

Incapaz de levantarse, un vecino que lo reconoce le ayuda y lo lleva a su pueblo, donde Nicolás, el cura, su sobrina y su ama de llaves deciden quemar los libros que han hecho perder la razón al caballero. Cuando se levanta, el caballero vuelve a irse, esta vez con Sancho Panza, un campesino al que nombra escudero. El pobre, un poco ingenuo, le acompaña a lomos de su asno, encantado con la promesa que le ha hecho el caballero de hacerle gobernador de una ínsula.

SEGUNDA Y TERCERA PARTE

Capítulos 9-16

Don Quijote y su escudero llegan a una posada donde el caballero cree que una dama de alto rango —que en realidad es una sirvienta prometida a un mulero que duerme en el lecho de al lado— está interesada en él. El mulero, al que no le gusta el discurso del Quijote a su amiga, lo muele a palos. Don Quijote cree que es obra de un temible gigante enviado por un moro encantado.

Capítulo 17

El caballero se niega a pagar al posadero porque ningún caballero desembolsa ni un duro para pagar alojamiento y comida. Unos bromistas se vengan manteando a Sancho y dándole vueltas por el aire. Los dos amigos se van, completamente destrozados.

Capítulo 18

Sancho quiere volver a casa. Se da cuenta de que don Quijote no ha ganado ninguna batalla y ya está cansado de recibir golpes en lugar de las tierras prometidas. El caballero le replica que estas derrotas se deben al encantador.

Capítulos 19-20

Se cruzan con un cortejo de curas que llevan a un muerto en su sepultura. El caballero ataca al cortejo, pues se imagina que son fantasmas enviados por el diablo. En la aventura, gracias a la inspiración de Sancho, don Quijote se bautiza como «El caballero de la Triste Figura».

Capítulo 21

Sancho y don Quijote conocen a un barbero que lleva sobre la cabeza su bacía para protegerse de la lluvia. Don Quijote está encantado de encontrar en este hombre un caballero con el yelmo de Mambrino, que codicia y del que se apodera.

Capítulo 22

En el camino, don Quijote libera a un grupo de prisioneros del rey a los que llevaban a galeras y se encuentran con que estos no le agradecen sinceramente el gesto.

Capítulos 23-27

Los dos hombres, refugiados en la montaña por miedo a las represalias de la Santa Hermandad por haber liberado a los prisioneros, se enteran de la existencia de Cardenio, un noble que vive en el bosque.

Don Quijote envía a Sancho a buscar a Dulcinea para entregarle la carta que le ha escrito. En el camino, Sancho se encuentra con el cura y Nicolás. Decididos a llevarse al caballero al pueblo, los dos hombres traman un plan. Mientras buscan a don Quijote se encuentran con Cardenio, que les cuenta que don Fernando ha raptado a Luscinda, su prometida.

CUARTA PARTE

Capítulo 28

Los tres hombres escuchan las lamentaciones de un joven vestido de campesino. Descubren que en realidad se trata de una joven que se les presenta como Dorotea, a la que don Fernando había deshonrado al prometer casarse con ella y abandonarla una vez satisfechos sus placeres. Dorotea le cuenta a los hombres que Luscinda no se había casado con don Fernando. El día de la boda llevaba una carta en la que decía que ella pertenecía a Cardenio, lo que hacía que el matrimonio con don Fernando fuera imposible.

Capítulos 29-31

Cardenio concluye que los matrimonios justos pueden llevarse a cabo: don Fernando con Dorotea y Luscinda con él. Repuestos de estas emociones, los personajes vuelven a don Quijote. Siguiendo el plan del cura para llevar a don Quijote al pueblo, Dorotea hará el papel de la princesa que pedirá al caballero andante que la vengue de una afrenta que le ha hecho un gigante.

Capítulos 32-39

En el camino hacia el «reino de la princesa», el cura, Nicolás, Cardenio, Dorotea, Sancho y don Quijote se detienen en la posada en la que mantearon a Sancho.

Luscinda y don Fernando llegan de improviso y este último, conmovido por las lágrimas y las palabras de Dorotea, termina liberando a Luscinda y casándose con su verdadera prometida: Dorotea.

Capítulos 40-47

Para que Dorotea pueda dejar de actuar y siga su camino, Nicolás y el cura encierran al caballero en una caja que colocan en un carro tirado por bueyes para llevarlo al pueblo.

Capítulos 48-52

En el camino, don Quijote le pide que lo saquen de la caja para aliviar sus necesidades cuando una procesión de penitentes pasa con una estatua de la Virgen a hombros. Don Quijote se precipita hacia ellos creyendo que están robando a una noble dama, pero el caballero sale con la espalda molida. Entonces, Sancho consigue convencerlo para volver al pueblo. Don Quijote, que reconoce la mala disposición de los astros, acepta. Pero nada más volver vuelve a salir por tercera vez («a la tercera va la vencida», según la tradición manchega).

ESTUDIO DE LOS PERSONAJES

DON QUIJOTE Y SANCHO PANZA

Don Quijote es el protagonista de la novela. Es un caballero sencillo que pasa mucho tiempo leyendo novelas de caballería y casi se olvida de la administración de sus bienes y de la caza. Su cabeza está repleta de las aventuras, galanterías, heridas, amores, tormentos, encantamientos, querellas, batallas y desafíos que lee en los libros. Pierde la razón y toma la decisión de convertirse en caballero andante. A partir del momento en que decide ser un caballero y adopta el nombre de don Quijote, el personaje se transforma un héroe de novela. Para tener las características de los caballeros novelescos, se confecciona una armadura con elementos usados, se hace con un caballo —casi incapaz de galopar— al que bautiza Rocinante y se dota de una dama a la que amar, una tosca campesina a la que llama «princesa Dulcinea del Toboso».

El caballero andante, don Quijote de la Mancha, hace desaparecer al hidalgo Quijada (no se conoce el nombre exacto; puede que sea Quesada, Quijana o Quijano). El cura, el barbero Nicolás, su sobrina y su ama de llaves intentan llevarle a casa, pero no lo consiguen. Don Quijote solo existe dentro de su locura singular, teñida por su ideal novelesco y caballeresco.

Su delirio es pragmático porque en muchas ocasiones está dispuesto a adecuar las leyes de la caballería a las situaciones concretas de la realidad, como cuando ve aceptable hacerse armar caballero por el primero que pase. En numerosas ocasiones, los personajes que se encuentra son testigos de la locura y de la gran inteligencia de don Quijote cuando no se trata de caballería.

El personaje de don Quijote se completa con la pareja inseparable que forma con Sancho Panza. Sancho, por voluntad de su maestro, se vuelve escudero, pero nunca olvida ser quien verdaderamente es: un hombre miedoso, muy animado, charlatán e incorregible. Don Quijote y su escudero Sancho son parecidos y distintos a la vez. Tienen en común que su razón está alterada: la locura de uno y la estupidez del otro hacen que no puedan juzgar correctamente el mundo que les rodea. En lo que concierne a sus diferencias, se puede decir que don Quijote es el perfecto contrario de Sancho y a la inversa. Se observa una oposición marcada por:

- la ignorancia y la cultura;
- la demencia y el sentido de la realidad;
- un lenguaje propio del habla de los campesinos y una forma noble y rebuscada de expresarse, como en la literatura caballeresca;
- la indiferencia hacia las necesidades naturales del cuerpo humano (comer, beber, descansar, dormir, etc.) y el problema de mantenerse sano;
- la alegoría del carnaval y de la cuaresma. El apellido de Sancho (Panza, que significa «vientre») y su nombre simbolizan el cerdo que se come para festejar el carnaval. Estas alusiones se repiten en el físico que Cervantes da al personaje, puesto que lo describe como un hombre gordo. A la inversa, don Quijote es un hombre alto y delgado que refleja la autoridad y las leyes y que encarna la cuaresma que sigue al carnaval (Tran-Gervat 2006, 46).

Al final, después de pasar tanto tiempo juntos, don Quijote y Sancho se influyen mutuamente: el sentido común del escudero marca a veces a su amo que, a la inversa, suele arrastrar a su ingenuo secuaz para que se crea sus alucinaciones.

CLAVES DE LECTURA

EL PODER DE LA FICCIÓN

El tema central de la novela es el poder de la ficción y su peligro para las mentes influenciables. El delirio de don Quijote consiste en confundir por naturaleza sus visiones —creadas por su imaginación— con la realidad. En la mente de este personaje hay una coincidencia exacta entre presencia y representación, entre lo real y la ficción: don Quijote niega que la literatura (las artes en general) sea una representación del mundo y no el mundo tal cual. Esta confusión engendra alucinaciones visuales que le hacen pensar que las posadas son castillos, las campesinas nobles damas y los molinos, gigantes. Cuando el caballero se ve obligado a reconocer que ha sido víctima de una ilusión, como en la escena en la que el ejército se transforma en un rebaño de ovejas, atribuye su error a la intervención de encantadores (seres que, según don Quijote, se obstinan en presentar al mundo banal y ordinario y en vaciarlo de todos los elementos que hacen que la aventura del caballero tenga lugar: los gigantes, los ejércitos, etc.). De esta forma, la imaginación crea sus propias criaturas ficticias, lo que la convierte en poderosa, puesto que solo necesita ser coherente en relación con sus propios criterios de verosimilitud y no recurrir a un referente exterior objetivo. Funciona fuera de todo juicio crítico racional.

LA DAMA

El personaje ilustra el ir y venir entre lo imaginario y lo real propio de la locura novelesca de don Quijote. Modela a su princesa gracias al poder de su imaginación, que ha interiorizado todas las imágenes mentales de las damas de las novelas de caballería. Es el objeto principal de la locura caballeresca, pero también revela la ambivalencia y la reversibilidad de esta locura:

> «Así que, Sancho, por lo que yo quiero a Dulcinea del Toboso, tanto vale como la más alta princesa de la tierra. [...] ¿Piensas tú que las Amariles, las Filis, las Silvias, las Dianas, las Galateas, las Alidas y otras tales de que los libros, los romances, las tiendas de los barberos, los teatros de las comedias, están llenos, fueron verdaderamente damas de carne y hueso, y de aquellos que las

celebran y celebraron? No, por cierto, sino que las más se las fingen, por dar sujeto a sus versos, y porque los tengan por enamorados y por hombres que tienen valor para serlo. Y así, bástame a mí pensar y creer que la buena de Aldonza Lorenzo es hermosa y honesta; y en lo del linaje importa poco [...] y yo me hago cuenta que es la más alta princesa del mundo. [...] Y para concluir con todo, yo imagino que todo lo que digo es así, sin que sobre ni falte nada, y píntola en mi imaginación como la deseo [...]» (Cervantes 2000, cap. XXV).

Don Quijote tiene claro lo que representa para él Dulcinea. Con todo conocimiento de causa somete a Aldonza Lorenzo a una idealización poética. Si en general don Quijote pasa por un loco que se cree caballero, aquí es un poeta que se dejar ir voluntariamente para imaginar un mundo mejor.

No obstante, esta lucidez reflexiva parece abandonarle en la continuación de la novela; en efecto, afirma con vigor la existencia de su dama ideal. Un doble movimiento explica esta actitud contradictoria: un movimiento ilusorio y un movimiento poético.

- El caballero actúa de forma absurda partiendo de la base de una percepción falsa de la realidad donde Aldonza es una princesa refinada. Don Quijote tiene una capacidad inagotable de encontrar la motivación de sus acciones en su imaginario: quiere hacer penitencia de amor en Sierra Morena, presentar a su dama a todos los personajes que conoce, etc.
- Dulcinea cumple una función metafórica que permite a don Quijote ser feliz espiritualmente por su furor poético. Es la lucidez del caballero en su propia ficción. Dulcinea existe en este mundo poético al menos como metáfora del espíritu de la caballería según el modo de representación del mundo antiguo, donde una metáfora tiene validez y donde las palabras se relacionan directamente con los objetos. Al contrario, en el modo de representación del mundo moderno, las palabras no se refieren directamente al mundo, lo que hace que Dulcinea no sea más que una campesina tosca y no la fuerza que anima al caballero en el combate.
- Por eso, don Quijote no es más que un loco idealista, un loco que quiere hacer coincidir el imaginario antiguo con el mundo moderno.

El caballero se interpreta como una figura romántica que encanta a un mundo desencantado con solo la fuerza de su imaginación. Cuando Sancho le cuenta su supuesta visita a Dulcinea, don Quijote transforma el informe ordinario en un relato que pretende ser fuente de lo extraordinario.

LA RISA

Se distinguen varios tipos de risa en esta obra:

- la risa de superioridad. Cuando don Quijote y Sancho descubren la verdadera causa del terrible sonido que les ha tenido en vela toda la noche, un simple viento, Sancho no puede evitar echarse a reír ridiculizando a su amo con un discurso paródico. Retoma el discurso heroico de don Quijote («Sancho amigo, has de saber que yo nací, por querer del cielo, en esta nuestra edad de hierro, para resucitar en ella la de oro» (Cervantes 2000, cap. XX), etc.) sin modificarlo: fuera de su contexto dramático (exposición a los peores peligros), es ridículo (los peores peligros son molinos). Sancho sale de su papel, olvida su rango y adopta una actitud de superioridad con respecto a su amo, que ha caído de lo alto de su imaginación heroica mientras Sancho sigue con los pies en la tierra. De igual forma el lector se ríe de la locura de don Quijote al cerciorarse de su superioridad ante el caballero: el lector se ríe del otro que está loco, lo que garantiza que él no lo está, puesto que si no no se reiría;

- la risa de fiesta. Cuando Sancho ve llegar al cura y al barbero disfrazados uno de princesa desconsolada y el otro de su criado, se ríe de forma espontánea y alegre, y no con la intención de establecer una distancia razonable entre ambos hombres y él. Es una risa carnavalesca que tiene una dimensión vital y regeneradora. La España del Siglo de Oro era una sociedad muy jerarquizada, sometida a la censura y a la Inquisición; reírse en este espacio social represivo es una forma de libertad. Cervantes introdujo en su obra elementos folclóricos y populares para establecer un lugar de encuentro entre lo serio y la risa, entre la ley y su transgresión y entre la jerarquía y su contrario: un simple caballero del campo derriba las clases sociales al pavonearse del «don» de los aristócratas. El pretexto de este encuentro es que la locura no respeta ningún límite, como en el carnaval. La razón por la que don Quijote escapa de la condena es porque está loco. Las barreras sociales también están cambiadas por las relaciones entre el amo y el escudero, que traspasan el modelo para hacerse cómplices. El escudero es charlatán e impertinente y su amo no lo castiga. La novela de Cervantes es una fiesta que provoca alegría y distracción;

- la risa del conocimiento. Nos reímos tanto de la inadecuación del imaginario de don Quijote a la realidad concreta y de su voluntad de resucitar los valores nobles de la caballería como de la incapacidad de la sociedad aristócrata contemporánea de aplicar los valores que reclama: don Quijote es ridículo al reivindicar una partícula («don») a la que no tiene derecho, pero los viejos cristianos están ofuscados por este robo al comprobar que un loco es el único que respeta escrupulosamente los valores de la Iglesia. Así, se constata que las verdades son reversibles según el punto de vista que se adopte. La dimensión fundamentalmente humana del humor cervantino se manifiesta por una representación verdadera de la naturaleza humana que se comprende en su complejidad, tanto en su nobleza como en su bajeza. La risa humanista destaca la relatividad de las cosas humanas. Pretende ser simpática para los demás, lúcida y de autoirrisión. Es una forma de cordura del reír cervantino. Pero la importancia de la vanidad de la condición humana se supera gracias a la risa, que es la exaltación de esta cualidad propia del hombre;

- la risa relacionada con la parodia. Una parodia es la imitación de una obra literaria que se pretende ridiculizar, lo que provoca, evidentemente, risa.

> «Y aquella noche se despedirá de su señora la infanta por las rejas de un jardín, que cae en el aposento donde ella duerme, por las cuales ya otras muchas veces la había fablado, siendo medianera y sabidora de todo una doncella de quien la infanta mucho se fiaba. Suspirará él, desmayárase ella, traerá agua la doncella, acuitaráse mucho, porque viene la mañana, y no querría que fuesen descubiertos, por la honra de su señora» (Cervantes 2000, cap. XXI).

Don Quijote resume a Sancho los libros de caballería y, sin quererlo, hace un resumen paródico cuando lo que quería era alabar el género. Tacha estas historias de caballería como esquemáticas, mecánicas y artificiales. Define sus libros favoritos como tejidos de lugares comunes y previsibles cuando en realidad quería glorificarlos. La mención de forma épica de los dos ejércitos que en realidad son rebaños de ovejas (Cervantes 2000, cap. XVIII) es también propia del estilo paródico: se trata más bien de una parodia del género épico;

- lo burlesco. Se trata de un tipo de comedia que descansa en un juego de desajustes entre la grandeza y la trivialidad. Este estilo se encuentra en boca de Sancho cuando se atreve a contar, con sus propias palabras, las acciones heroicas de su amo o de sus modelos.

LA MULTIPLICIDAD DEL LENGUAJE

La novela es una verdadera aventura del lenguaje:

> «A través del viaje y del diálogo continuo de los dos personajes el lector recorre toda la literatura, todos los estilos del discurso, todos los registros de la lengua, del insulto al proverbio, de consideraciones escatológicas a arrebatos poéticos» (Tran-Gervat 2006, 48).

Tanto el escudero como el caballero tienen su propio lenguaje y experimentan, al principio, dificultades para comprenderse: uno utiliza un lenguaje rebuscado y arcaico y el otro una jerga llena de refranes un poco pesada. Pero, poco a poco, cada uno intenta rebajar su estilo para llegar a entenderse.

En su novela, Cervantes explora la lengua española en toda su diversidad gracias a los discursos de los personajes que conocen los héroes: pastores, bandidos, posaderos, mujeres, campesinos, señores, eclesiásticos, etc.

La parodia, lo burlesco y lo cómico-heroico con los que la novela se identifica también tienen, evidentemente, consecuencias estilísticas. En la obra de Cervantes encontramos fragmentos característicos de libros de caballería, de novelas pastoriles, de romances y de poesía.

PISTAS PARA LA REFLEXIÓN

ALGUNAS PREGUNTAS PARA PROFUNDIZAR EN SU REFLEXIÓN...

- *Don Quijote* ha sido objeto de muchas adaptaciones cinematográficas. Analice cómo se ha presentado la famosa escena de los molinos en la adaptación que usted decida.
- Señale un pasaje de *Don Quijote* que ejemplifique particularmente el estilo cómico-heroico de la novela.
- ¿Cuál era la verdadera intención del autor al escribir *Don Quijote?*
- ¿En qué aspecto *La rosa púrpura del Cairo* (1984), película de Woody Allen (cineasta y actor estadounidense nacido en 1935), es un ejemplo de la fortuna del personaje quijotesco en la gran pantalla?
- Dulcinea es el personaje de ficción por excelencia. Comente esta afirmación.
- ¿Considera la novela de Cervantes un himno a la amistad?

- ¿Cómo ha interpretado el siglo XIX al personaje de don Quijote?
- ¿Qué relación se puede establecer entre la novela de Charles Sorel (escritor francés, 1582-1674) *El pastor extravagante* y *Don Quijote*?
- Cite otra figura de la antinovela y de la locura novelesca y compárela con *Don Quijote*.
- Hay obras de teatro, de pintura, de música, de ballet, etc. con el personaje del caballero andante. Según usted, ¿por qué la obra de Cervantes tiene tal influencia en las artes en general?

¡Su opinión nos interesa!
¡Deje un comentario en la página web de su
librería en línea,
y comparta sus favoritos en las redes sociales!

PARA IR MÁS ALLÁ

EDICIÓN DE REFERENCIA

- de Cervantes, Miguel. 2000. *Don Quijote de la Mancha I*. Madrid: Cátedra.

ESTUDIO DE REFERENCIA

- Tran-Gervat, Yen-Mai. 2006. *Don Quichotte*. París: Bréal, colección *Connaissance d'une œuvre*.

ADAPTACIONES

- *Don Quijote*. Telefilme dirigido por Peter Yates, con John Lithgow, Bob Hoskins e Isabella Rossellini. Estados Unidos, 2000.

- *El Quijote de Miguel de Cervantes*. Serie de televisión dirigida por Manuel Gutiérrez Aragón, con Fernando Rey, Alfredo Landa y Francisco Merino. España, 1992.